Analyse de l'œuvre

Par Natalia Torres Behar

L'insoutenable légèreté de l'être

Milan Kundera

lePetitLittéraire.fr

Analyse de l'œuvre

Par Natalia Torres Behar

L'insoutenable légèreté de l'être

Milan Kundera

Rendez-vous sur lepetitlitteraire.fr et découvrez :

Plus de 1200 analyses
Claires et synthétiques
Téléchargeables en 30 secondes
À imprimer chez soi

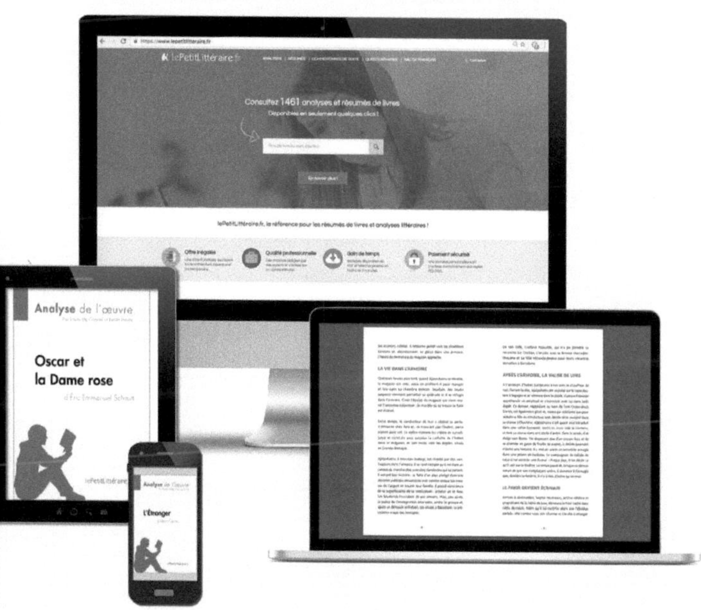

MILAN KUNDERA

ÉCRIVAIN FRANÇAIS D'ORIGINE TCHÈQUE

- **Né à Brno (actuelle République tchèque) en 1929.**
- **Prix littéraires :**
  - Prix Médicis étranger, 1973 (pour *La vie est ailleurs*)
  - Prix de Jérusalem, 1985
  - Prix d'État autrichien de littérature européenne, 1987
  - Prix Herder, 2000
  - Prix mondial Cino Del Duca, 2009
- **Travaux notables :**
  - *Laughable Loves* (1969), recueil de nouvelles
  - *Ignorance* (2000), roman
  - *Le Festival de l'insignifiance* (2013), roman

Milan Kundera est né en Tchécoslovaquie en 1929. Son père, musicien réputé à l'époque, transmet son amour de la musique au futur écrivain, à qui il apprend également à jouer du piano. Kundera étudie la musicologie et la composition musicale avant d'entamer des études de littérature et d'esthétique à l'université Charles de Prague. Après deux semestres, il est transféré à la faculté de cinéma de l'Académie des arts du spectacle de Prague, où il travaille ensuite comme professeur pendant plusieurs années.

Lorsque la Tchécoslovaquie est envahie par l'Union soviétique en 1968, il perd son emploi et ses romans sont interdits. En 1975, il immigre en France, où il travaille comme maître de conférences à l'université de Rennes et à l'École des hautes études de Paris.

Milan Kundera reste l'un des écrivains les plus significatifs vivant aujourd'hui, et est considéré par les critiques et les lecteurs comme l'un des romanciers les plus importants d'Europe. Son œuvre a été traduite dans de nombreuses langues et son dernier roman, *Le Festival de l'insignifiance*, a été publié en 2013. Le bruit court souvent qu'il est en lice pour le prix Nobel de littérature, mais il n'a jamais reçu cette récompense.

L'INSOUTENABLE LÉGÈRETÉ DE L'ÊTRE

LA QUÊTE ÉTERNELLE DU SENS DE LA VIE

- **Genre :** roman philosophique
- **Edition de référence :** Kundera, M. (2000) *L'insoutenable légèreté de l'être*. Trans. Heim, M. H. Londres : Faber & Faber.
- **1ère édition :** 1984
- **Thèmes :** le sens de la vie, l'amour, la politique, l'éternel retour.

Il est difficile de définir le genre auquel appartient *L'insoutenable légèreté de l'être*, car il s'agit d'un récit de fiction entrecoupé de nombreuses réflexions philosophiques, dans la tradition d'auteurs comme Umberto Eco et Jorge Luis Borges. Cependant, le roman n'est en aucun cas un traité dense et incompréhensible. Au contraire, sa magie réside dans la simplicité avec laquelle il explore des thèmes complexes tels que l'amour et le sens de la vie. *L'insoutenable légèreté de l'être* raconte l'histoire de quatre personnages dont les vies s'entremêlent : Tomas, un chirurgien tchèque, Tereza, sa femme et amour de sa vie, Sabina, sa maîtresse préférée, et Franz, l'un des amants de Sabina. Pendant ce temps, le Printemps de Prague touche à sa fin et l'invasion soviétique menace de détruire les idéaux libéraux qui fleurissent dans le centre de la Tchécoslovaquie. L'invasion déchire la vie de Tereza et de Tomas, les obligeant à faire face à leurs propres faiblesses morales et à réfléchir à la façon dont ils veulent vivre et aimer.

Le roman entraîne le lecteur dans un monde où l'histoire, l'idéologie politique, les questions philosophiques et l'érotisme se mêlent harmonieusement, créant une œuvre de fiction extrêmement élégante qui est généralement considérée comme le chef-d'œuvre de Kundera. Ces dernières années, qui ont vu une résurgence de l'extrémisme politique dans l'ensemble du monde occidental, *L'insoutenable légèreté de l'être* a connu un regain de popularité similaire. Comme toutes les grandes œuvres d'art, il possède une intemporalité qui lui permet de rester pertinent et attrayant pour les lecteurs contemporains, même si les événements du roman sont fermement ancrés dans un contexte historique spécifique.

Le saviez-vous ?

L'Union soviétique et les autres membres du Pacte de Varsovie ont envahi la Tchécoslovaquie en réponse au Printemps de Prague. Pendant cette période, qui n'a duré que quelques mois (de janvier à août 1968), des modifications progressives ont été apportées à de nombreuses politiques totalitaires du régime soviétique, notamment l'introduction de la liberté de la presse, du droit de grève et du droit de former des partis politiques. Après l'invasion, ces politiques libérales ont été abolies et tous les dissidents qui s'opposaient au retour au totalitarisme ont été tués.

RÉSUMÉ

EXIL

L'histoire commence à Prague à la fin des années 1960. Le narrateur présente le personnage de Tomas, un médecin tchèque, divorcé et coureur de jupons, qui n'a pratiquement aucun contact avec ses parents ni avec son fils issu de son mariage raté (il a accepté de verser une pension alimentaire, mais refuse de le voir ou de s'en occuper). Tomas tombe amoureux de Tereza, qui est venue à Prague pour chercher du travail, et ils finissent par se marier. Cependant, Tomas ne renonce jamais à ses aventures car il considère l'amour et le sexe comme deux concepts totalement distincts. Son infidélité rend Tereza malade de jalousie, et elle commence à faire des cauchemars. Cependant, elle ne peut jamais se résoudre à quitter son mari. Ils adoptent un chiot appelé Karenine, et Tereza l'adore.

L'invasion soviétique est un choc pour eux deux. Tereza se consacre à la réalisation d'un reportage photographique sur les cruautés perpétrées pendant l'invasion, et son travail est très apprécié lorsqu'il est publié. Malheureusement, le climat politique devient de plus en plus dangereux et le couple est contraint de quitter Prague pour s'installer en Suisse, où Sabina, la maîtresse préférée de Tomas, a choisi d'émigrer. Après quelques mois, Tereza ne supporte plus de vivre à l'étranger et rentre à Prague, ne laissant qu'une lettre expliquant les raisons de son départ. Tomas est d'abord heureux d'être libre d'avoir autant d'aventures qu'il le souhaite, mais il se rend vite compte qu'il est fait pour être avec Tereza et décide de retourner à Prague pour qu'ils puissent être ensemble. Cependant, il regrette cette décision dès son arrivée : le bruit des avions qui envahissent la ville l'empêche de dormir et il se dit que sa relation avec Tereza n'est guère plus que le résultat d'une série de coïncidences qui les ont réunis.

Pendant ce temps, une autre romance s'épanouit à Genève, où Sabina, peintre de talent et femme libérée sexuellement, s'est lancée dans une liaison avec Franz, un universitaire qui trouve la vie conjugale insatisfaisante. Cependant, il apparaît rapidement que Sabina et Franz n'ont pas grand-chose en commun : ils ont des goûts et des convictions politiques différents et, à plusieurs reprises, ils ont même du mal à tenir une conversation. Malgré cela, Franz décide de quitter sa femme Marie-Claude pour Sabina après une dispute lors d'une fête. Il lui avoue qu'il lui a été infidèle et qu'il part vivre avec son amante, pensant ainsi pouvoir vivre avec Sabina. Mais celle-ci se sent dépassée et l'abandonne le lendemain sans prévenir. Tandis que Sabina réfléchit à la série de trahisons qui ont marqué sa vie depuis son plus jeune âge et se demande quelles conséquences pourraient l'attendre si elle continue à vivre ainsi, Franz réalise qu'il est heureux sans femme et entame une liaison avec une de ses étudiantes.

Des années plus tard, Sabina vit toujours en exil à Paris lorsqu'elle reçoit une lettre du fils de Tomas, qui lui écrit parce qu'il pense qu'elle est une bonne amie de son père, l'informant que Tomas et Tereza ont été tués dans un accident de voiture.

DEUX ANS À PRAGUE

Le récit fait un saut dans le temps pour continuer à retracer la vie de Tomas et Tereza à Prague. Tous deux mènent une vie très active, avec un emploi du temps tellement chargé qu'ils ne se voient qu'au petit déjeuner. Tomas écrit un article dans lequel il utilise la figure mythologique grecque d'Œdipe pour critiquer le régime communiste, et son refus de signer une rétractation lui vaut d'être licencié. Afin de ne pas devenir une cible politique, il décide de se retirer dans l'ombre et devient laveur de vitres. Cependant, deux dissidents prennent contact avec lui, dont son fils issu de son précédent mariage. Ils veulent aussi qu'il signe quelque chose : une pétition dénonçant le traitement cruel des prisonniers politiques. Après avoir réfléchi aux conséquences possibles, Tomas refuse de la signer.

Pendant ce temps, Tereza ne peut pas continuer à travailler comme photographe et trouve un emploi dans un bar d'hôtel. Tomas est toujours aussi déterminé à faire des rencontres et profite de toutes les occasions qui se présentent pendant qu'il travaille comme laveur de vitres. La jalousie de Tereza ne cesse de croître et elle commence à flirter avec les clients du bar. Bien que ses avances soient plutôt maladroites et peu subtiles, elle finit par avoir une liaison secrète avec un ingénieur. Elle tente de profiter de cette relation pour adopter la même approche de la vie que Tomas et se débarrasser de ses inhibitions en matière de nudité, et laisse même son amant prendre des photos de son corps nu, cela ne lui apportant aucune satisfaction.

Le couple décide finalement de quitter la ville et de s'installer à la campagne en raison du climat politique agité et de la détresse de Tereza face à l'infidélité de Tomas. Tomas sait que ses aventures doivent prendre fin, mais il réalise qu'il serait prêt à tout abandonner pour sa femme.

LA MORT VIENT FRAPPER À LA PORTE

L'histoire revient brièvement sur Sabina. De nombreuses années ont passé et elle vit maintenant aux États-Unis, où elle cache le fait qu'elle a fui son pays de peur que son art soit alors considéré comme l'œuvre d'une artiste torturée. Elle médite sur sa haine de la politique, qu'elle considère comme similaire à la sentimentalité manipulatrice du kitsch. Elle finit par s'installer en Californie dans le but de mettre le plus de distance géographique et émotionnelle possible entre elle et son pays natal, et rédige un testament dans lequel elle déclare vouloir être incinérée afin que ses cendres puissent être dispersées au vent.

Franz, qui vit désormais avec sa nouvelle maîtresse à Genève, est invité par certains de ses amis à une marche sur le Cambodge. Bien qu'il ait d'abord décliné l'invitation, la situation politique au Cambodge lui rappelle la situation dans laquelle se trouve le pays de sa bien-aimée Sabina, et il décide finalement d'y participer. Cependant, la marche est un fiasco et, à son retour à Bangkok, il est agressé devant son hôtel par un groupe d'hommes, ce qui le laisse paraplégique. Marie-Claude, la femme éconduite de Franz, s'occupe de lui jusqu'à sa mort, même s'il en est venu à la détester et qu'il souhaiterait être avec son amante, une étudiante qui porte d'énormes lunettes rondes.

Simon, le fils de Tomas, s'installe à la campagne et commence à échanger des lettres avec son père. Après la mort de Tomas, il commence à écrire à Sabina.

Le roman fait ensuite un saut dans le temps et décrit ce qu'était la vie de Tomas et Tereza à la campagne. Ayant enfin échappé à l'instabilité politique, ils oublient les infidélités de Tomas et mènent une vie paisible. Tomas trouve un nouvel emploi comme chauffeur de camion qui transporte chaque jour les ouvriers aux champs, et Tereza s'occupe des génisses à la coopérative locale. Un jour, on diagnostique un cancer chez Karenine, qui doit être euthanasié. Tereza est dévastée par la mort de son chien et, après avoir réfléchi à son amour pour les animaux, elle se rend compte qu'elle les préfère aux gens – en fait, elle aime Karenine plus que son propre mari.

Un soir, il y a une fête en ville. Tereza avoue à Tomas qu'elle se sent responsable de tous ses malheurs et qu'elle pense que sans elle, Tomas serait toujours un chirurgien prospère à Zurich, accomplissant le but de sa vie. Quelque peu soulagé, il répond que sa vie n'a pas de but et qu'ici, avec elle à ses côtés, il est heureux.

Éternel retour

L'Insoutenable Légèreté de l'Être est rempli de références à un concept philosophique appelé « éternel retour ». Cette théorie postule que le temps n'est pas linéaire, mais circulaire, et que les événements, les idées et les individus se reproduisent constamment dans une sorte de spirale sans fin. L'éternel retour est un concept très présent dans les cultures grecque et égyptienne antiques, ainsi que dans des religions comme l'hindouisme, mais qui n'a été introduit dans le monde occidental moderne que par la philosophie de Nietzsche (philosophe allemand, 1844-1900). Dans le roman, cette répétition donne du poids et du sens à la vie humaine, mais Kundera ne croit pas à l'éternel retour, et pense donc qu'il est impossible de vivre une vie qui ait un sens.

ÉTUDE DE CARACTÈRE

Il est intéressant de noter que Kundera fournit rarement des descriptions physiques de ses personnages, et les quelques descriptions qui figurent dans le roman sont très brèves. Cela s'explique par le fait que l'auteur estime que ce type de description doit rester vague afin de laisser cours à l'imagination du lecteur. Cependant, le narrateur entre dans les détails lorsqu'il décrit les idées, les croyances et les émotions des personnages, ce qui donne à leur personnalité une profondeur extraordinaire et les rend plus vivants.

TOMAS

Tomas est un médecin tchèque d'une quarantaine d'années dont le travail de chirurgien est internationalement reconnu dans le milieu médical. Il est intelligent et fait partie de l'élite culturelle de son pays, mais aspire à une vie simple, ainsi qu'à la liberté que l'on peut trouver dans la simplicité. C'est pourquoi il décide de devenir laveur de vitres lorsqu'il perd son emploi, car c'est un travail simple qui lui permet de multiplier les aventures sexuelles.

Tomas est un coureur de jupons qui croit que le sexe et l'amour sont deux concepts irréconciliables, ce qui lui permet d'enchaîner les aventures avec diverses femmes sans ressentir la moindre culpabilité pour son infidélité envers sa femme bien-aimée Tereza. Sa conception de l'amour et des relations est parfaitement résumée par sa règle des trois :

> *« Soit on voit une femme trois fois de suite et on ne la revoit plus, soit on entretient des relations au fil des ans mais en veillant à espacer les rendez-vous d'au moins trois semaines. » (p. 11)*

En apparence, les convictions politiques de Tomas semblent être de nature anticommuniste, mais il serait plus juste de les décrire comme une profonde méfiance à l'égard de toute forme de politique organisée.

TEREZA

Tereza est une femme naïve et autodidacte qui a eu une éducation moins privilégiée que celle de Tomas. Elle a passé de nombreuses années à chercher un homme instruit qui pourrait lui offrir la vie sophistiquée dont elle rêvait, qui serait tout le contraire de la vie mondaine et incivique qu'elle menait lorsqu'elle vivait avec sa mère, qui la maltraitait et l'accusait de la rendre malheureuse. Cependant, Tereza aime profondément sa mère, même si cet amour est totalement unilatéral, et veut se rendre digne de l'affection de sa mère.

Elle a une relation compliquée avec son propre corps : bien qu'elle aime se regarder dans le miroir, elle trouve la nudité et les fonctions corporelles si embarrassantes que sa mère la ridiculise pour cela et qu'un de ses collègues suisses la traite de puritaine.

Contrairement à son mari, elle est politiquement active grâce à son travail de journaliste pendant l'invasion soviétique, et devient obsédée par la photographie des injustices perpétrées par les troupes d'invasion.

Bien que l'infidélité de Tomas lui cause une grande douleur, Tereza ne fait pas grand-chose pour l'arrêter. Elle est tourmentée par la jalousie pendant la majeure partie du roman et ne commence à trouver un épanouissement dans son mariage qu'après que Tomas et elle déménagent à la campagne, ce qui met un terme aux aventures de ce dernier.

SABINA

Sabina est une artiste tchèque qui est contrainte à l'exil. Elle est extrêmement libérale et raffinée, des qualités qui amènent Tereza à développer une grande admiration pour elle, même si Sabina est l'amante préférée de son mari.

Toute sa vie tourne autour de sa fascination pour la trahison et de l'excitation qu'elle ressent lorsqu'elle est exilée. Sabina croit qu'une sorte de liberté radicale peut être trouvée dans la trahison, bien qu'elle soit consciente que ses actions lui causeront probablement de la peine et la laisseront seule. Elle déteste également le kitsch avec passion et s'y oppose en recherchant la beauté et en cultivant délibérément un fort sentiment d'individualisme.

Bien qu'elle n'apparaisse pas souvent dans l'histoire, elle y joue un rôle important, et sa présence se fait sentir tout au long du récit.

> ### Kitsch
>
> Le kitsch est un concept artistique qui est généralement associé à tout ce qui est bon marché, populaire, larmoyant ou dépourvu de distance critique. Walter Benjamin (philosophe allemand, 1892-1940), qui a étudié le concept de kitsch, l'a défini comme tout ce qui peut procurer une gratification émotionnelle sans nécessiter d'effort intellectuel, tandis que d'autres l'ont décrit comme un art trompeur qui fait croire au spectateur qu'il vit quelque chose de profond.

FRANZ

Franz est l'un des amants de Sabina, et il l'idéalise à tel point que l'image mentale dont il est amoureux ne ressemble en rien à sa personnalité réelle. Il est un universitaire brillant, mais il ne trouve pas son travail épanouissant. Il est l'un des personnages les plus engagés politiquement dans le roman, et il est très favorable aux causes de gauche et à l'idée de révolution, ce qui peut le faire paraître idéaliste :

« Comme c'était agréable de célébrer quelque chose, de revendiquer quelque chose, de protester contre quelque chose ; d'être au grand jour, d'être avec les autres. Les défilés qui descendent le boulevard Saint-Germain ou

*qui vont de la place de la République à la Bastille le fas-
cinent. Pour lui, la foule qui défile et qui crie est l'image
de l'Europe et de son histoire. L'Europe, c'est la grande
marche. La marche de révolution en révolution, de lutte
en lutte, toujours plus loin. »* (p.95-96)

Franz a une vision solennelle de la vie, et essaie d'investir
toutes ses pensées et tous les événements qu'il vit d'un
sens.

FORMULAIRE

Le narrateur

Le narrateur de *L'insoutenable légèreté de l'être* est une figure complexe et ambiguë, et est considéré comme l'une des voix narratives les plus originales de la littérature du XXe siècle. Il se réfère constamment à lui-même à la troisième personne, ce qui en fait un des personnages à part entière du récit.

Plus tard dans le roman, le narrateur révèle qu'il est l'auteur du roman et le créateur des autres personnages, et partage avec le lecteur certaines des métaphores et des symboles qu'il a utilisés pour inventer ces personnages. Dans certains passages, le narrateur décrit même en détail sa propre relation avec ses créations :

> « *Les personnages de mes romans sont mes propres possibilités non réalisées. C'est pourquoi je les aime tous autant et qu'ils m'inspirent la même horreur. Chacun d'eux a franchi une frontière que j'ai moi-même contournée. C'est cette frontière franchie (la frontière au-delà de laquelle mon propre "moi" s'arrête) qui m'attire le plus. Car au-delà de cette frontière commence le secret que le roman demande.* » (p. 215)

Pour compliquer encore les choses, le narrateur offre fréquemment son propre point de vue sur l'histoire et fournit au lecteur des informations de fond, qui portent généralement sur le contexte historique ou sont de nature philosophique, afin de l'aider à mieux comprendre le roman. Cependant, ils comprennent également un certain nombre d'anecdotes (par exemple, les premiers chapitres de la sixième partie portent sur la mort du fils de Staline) qui tournent autour des mêmes thèmes que l'histoire principale. Ces récits permettent au narrateur d'aborder plus en profondeur les questions philosophiques et éthiques qui sont au cœur du roman, et de nuancer davantage les expériences et les croyances des personnages.

Le narrateur joue donc différents rôles à des moments précis de l'histoire, et se comporte tour à tour comme un personnage, un auteur, un critique et un interprète. L'un des effets les plus importants de cette polyphonie est qu'elle incite le lecteur à réfléchir constamment aux différentes formes que peut prendre la narration, ainsi qu'à l'acte de création lui-même.

Structure

L'Incroyable Légèreté de l'Être a une structure inhabituelle. Elle se compose de plusieurs intrigues entrelacées, différentes en termes de cadre et de contenu, mais reliées par leurs personnages et leurs thèmes, de sorte que le produit final est un récit cohérent. La structure de ce récit est définie par deux caractéristiques fondamentales :

- Il est **non linéaire**. En racontant l'histoire dans un ordre non chronologique, le roman rejette la structure narrative traditionnelle (début-milieu-fin) et permet de raconter séparément la fin de l'histoire de chaque protagoniste. Le narrateur saute d'un moment à l'autre, du passé au futur et inversement, afin de développer la personnalité des personnages principaux, ce qui permet au lecteur de mieux comprendre leur état d'esprit et d'avoir un aperçu de leurs défauts, de leurs croyances et de leurs insécurités. Des liens sont également établis entre des événements apparemment disparates par le biais d'anecdotes sur des objets quotidiens tels que le chapeau de Sabina et la valise de Tereza, qui ont une signification émotionnelle pour les personnages et une signification métaphorique pour le lecteur.

- Elle est **cyclique**. Le narrateur utilise la répétition pour permettre au lecteur de comprendre l'histoire à partir de perspectives multiples, ce qui rend les failles qui s'ouvrent progressivement entre les amants de plus en plus évidentes. Le lecteur est placé dans une position privilégiée qui lui permet de voir comment les différences de compréhension des personnages les amènent à s'éloigner les uns des autres. Cette narration cyclique permet également de mettre l'accent sur certaines parties de l'histoire plus que d'autres, indiquant que ces événements sont particulièrement significatifs pour les personnages et obligeant le lecteur à considérer leur effet sur le cours de la vie des personnages. Un exemple est la nuit du retour de Tomas à Prague, qui est décrite à la fois de son point de vue et de celui de Tereza. Cela permet au lecteur de percevoir le malheur du couple et d'anticiper les conséquences qu'il aura sur la suite de l'histoire.

La répétition est également étroitement liée au concept d'éternel retour. En utilisant une chronologie non chronologique, en revenant constamment sur des scènes cruciales et en répétant certaines phrases clés tout au long du texte, la structure narrative prend une forme circulaire qui fait écho au poids et au sens que les personnages recherchent sans jamais pouvoir les trouver.

THÈMES

La légèreté et le sens de la vie

Comme nous l'avons évoqué précédemment, *L'insoutenable légèreté de l'être* fait constamment appel à la théorie de l'éternel retour. Cependant, l'auteur rejette finalement ce concept, ce qui donne lieu à l'un des conflits centraux sur lesquels le roman est construit : le contraste entre la lourdeur et la légèreté. Aux yeux de Kundera, une vie « légère » n'a pas la lourdeur, ou le poids, de l'éternel retour. Dans ce type de vie, il est impossible de savoir si l'on a pris les bonnes décisions ou d'en assumer la responsabilité, car on ne vit qu'une fois et il est donc impossible d'utiliser une autre vie comme point de référence.

Les personnages qui mènent une vie « légère » sont Sabina et Tomas. Au début du roman, ils jouissent tous deux de la liberté qui accompagne cette légèreté : Tomas trouve satisfaction dans un emploi subalterne et Sabina se sent libérée par sa volonté de trahir sa patrie, ses amants ou tout ce qui lui passe par la tête. Cependant, au fil du temps, ils aspirent tous deux à quelque chose qui donne du poids et un sens à leur vie : Tomas sombre dans le désespoir lorsqu'il comprend sa propre inutilité après avoir été interdit de pratiquer la médecine, tandis que Sabina se rend compte que son style de vie l'a laissée vide à l'intérieur et commence à se demander où il va la mener. À la fin, elle trouve ce vide insupportable.

Les réflexions du roman sur le thème de la légèreté semblent suggérer que, quels que soient nos désirs, il est impossible de donner un sens à notre propre existence.

Amour

La conception de l'amour dans le roman est extrêmement nuancée. Tout au long du roman, les aventures de Tomas renforcent l'idée que l'amour et le sexe sont des phéno-mènes complètement différents, tandis que la descrip-tion de la relation entre Tomas et Tereza – notamment à travers les sections du point de vue de Tereza – montre que l'amour et le bonheur peuvent être incompatibles. Tereza et Tomas s'aiment, et leur mariage parvient à sur-vivre malgré les difficultés politiques, géographiques et personnelles auxquelles ils sont confrontés. Cependant, il est clair que, malgré l'amour qu'ils se portent, ils ne sont pas heureux ensemble, et sont même la source de leur insatisfaction mutuelle.

En outre, on peut dire que l'amour de Tereza est basé sur un coup de tête : les facteurs décisifs qui l'ont convaincue de changer de vie, de quitter sa maison et d'épouser Tomas sont un livre ouvert sur la table et la musique qui jouait en arrière-plan.

Pendant ce temps, la relation entre Franz et Sabina est pratiquement définie par des malentendus, à tel point que la majeure partie du troisième chapitre du livre est consacrée à l'exploration d'une longue liste d'idées qu'ils comprennent de manière complètement différente. Franz interprète mal les humeurs de Sabina et ne comprend pas la signification des objets auxquels elle est profondément attachée, comme son chapeau melon, tandis que Sabina ne trouve pas les mots pour exprimer ses pensées et ses sentiments à Franz, et leurs conversations sont souvent ponctuées de longues périodes de silence remplies de tous les non-dits. Elle disparaît même de sa vie sans un seul mot d'adieu.

Il convient également de noter que Franz n'a jamais été véritablement amoureux de Sabina elle-même, mais seulement de l'effet qu'elle avait sur sa vie :

« Et à un moment donné, il s'est rendu compte à sa grande surprise qu'il n'était pas particulièrement malheureux. La présence physique de Sabina était beaucoup moins importante qu'il ne l'avait soupçonné. Ce qui était important, c'était l'empreinte dorée, l'empreinte magique qu'elle avait laissée sur sa vie et que personne ne pourrait jamais effacer. Juste avant de disparaître de son horizon, elle lui avait glissé le balai d'Hercule, et il s'en était servi pour balayer de sa vie tout ce qu'il méprisait. Un bonheur soudain, un sentiment de béatitude,

la joie que procurent la liberté et une vie nouvelle, tels étaient les cadeaux qu'elle lui avait laissés. » (p. 116-117)

Tous ces éléments se conjuguent pour créer un récit dans lequel la conception traditionnelle de l'amour romantique est constamment subvertie par l'infidélité, la coïncidence, l'aveuglement et la mauvaise communication. Naturellement, cela provoque chez les personnages beaucoup de chagrin et de bouleversements émotionnels, accentués par la guerre et l'instabilité politique qui servent de toile de fond à ces histoires d'amour.

POLITIQUE

Bien que certains des protagonistes du roman fassent tout leur possible pour se distancer de la politique, leurs efforts sont toujours voués à l'échec. Par exemple, Tomas écrit un article dénonçant le régime communiste, qui revient le hanter lors de l'invasion soviétique lorsqu'on lui annonce qu'il sera interdit de pratiquer la médecine s'il ne signe pas une rétractation de l'article. Pendant ce temps, Tereza trouve un épanouissement personnel et un succès professionnel en prenant des photos de la cruauté perpétrée par les soldats envahisseurs, mais elle devient de ce fait une cible pour la police secrète à son retour à Prague. Franz, qui est fasciné par la révolution et les causes révolutionnaires, participe à la Grande Marche sur le Cambodge, mais une bagarre le rend définitivement invalide et il finit par mourir dans la misère la plus totale sous la garde de sa femme, pour laquelle il n'a pas une once d'appréciation. Si l'on ajoute à cela certaines des pensées des personnages, on peut dire que ces événements indiquent que la perspective du livre est apolitique, qu'il rejette l'activisme et l'état d'esprit émotionnel qui l'accompagne, et qu'il transmet un fort sentiment de désillusion à l'égard de tous les partis politiques et systèmes de gouvernement.

Même Sabina, qui se caractérise principalement par son scepticisme, se laisse entraîner dans l'activisme et participe à une manifestation, mais elle l'abandonne rapidement et réfléchit :

> *« Elle aurait aimé leur dire que derrière le communisme, le fascisme, derrière toutes les occupations et invasions se cache un mal plus fondamental, plus omniprésent, et que l'image de ce mal était un défilé de personnes défilant le poing levé et criant à l'unisson des syllabes identiques. » (p.96-97)*

La désillusion des personnages découle en fin de compte de leur rejet du conformisme, et indique que même les formes de radicalisme les plus disparates en apparence sont les mêmes, car elles sont également vides. La politique ne provoque que de la tristesse, ce qui rend tout à fait raisonnable la décision de Tereza et Tomas de s'installer à la campagne pour y échapper.

POURSUITE DE LA RÉFLEXION

QUELQUES QUESTIONS À MÉDITER...

- Comment le narrateur interagit-il avec l'histoire qu'il raconte ?
- Quels philosophes le narrateur mentionne-t-il fréquemment ? À votre avis, quel effet produit la combinaison d'un récit fictif et d'une réflexion philosophique ?
- Quel rôle le destin et les coïncidences jouent-ils dans la relation de Tomas et Tereza ?
- Le poids et la légèreté sont juxtaposés tout au long du roman. Quelle est la signification de ces concepts ? Comment affectent-ils les personnages ?
- Comment des objets tels que la valise de Tereza et le chapeau de Sabina sont-ils utilisés pour donner de la chair aux personnages qui les possèdent ?
- Pourquoi le roman se termine-t-il par une scène dans laquelle Tereza et Tomas admettent qu'ils sont tous deux heureux au lieu de l'accident de voiture dans lequel ils meurent ?
- Dans quelle mesure *L'insoutenable légèreté de l'être* peut-il être considéré comme un roman politique ?
- Pensez-vous que les thèmes du roman sont encore pertinents aujourd'hui ? Expliquez votre réponse.

AUTRES LECTURES

EDITION DE RÉFÉRENCE

* Kundera, M. (2000) *L'insoutenable légèreté de l'être*. Trans. Heim, M. H. Londres : Faber & Faber.

ÉTUDES DE RÉFÉRENCE

* Chitnis, R. A. (2012) Milan Kundera (1929-) : L'idée du roman. In : M. Bell, ed. *The Cambridge Companion to European Novelists*. Cambridge : Cambridge University Press.
* Mai, J. (2014) Le « véritable test moral » de l'humanité : Honte, idylle et vulnérabilité animale dans *L'insoutenable légèreté de l'être* de Milan Kundera. *Études sur le roman*. 46(1), pp. 100-116.
* Pichova, H. (1992) The Narrator in Milan Kundera's *The Unbearable Lightness of Being*. *The Slavic and East European Journal*. 36(2), pp. 217-226.

LECTURES RECOMMANDÉES

* Kundera, M. (2005) *L'art du roman*. Trans. Asher, L. Londres : Faber & Faber.

ADAPTATIONS

* *L'insoutenable légèreté de l'être*. (1988) [Film]. Philip Kaufman. Réalisateur. États-Unis : The Saul Zaentz Company.

Votre avis nous intéresse !
Laissez un commentaire sur le site de votre librairie en ligne
et partagez vos coups de cœur sur les réseaux sociaux !

lePetitLittéraire.fr

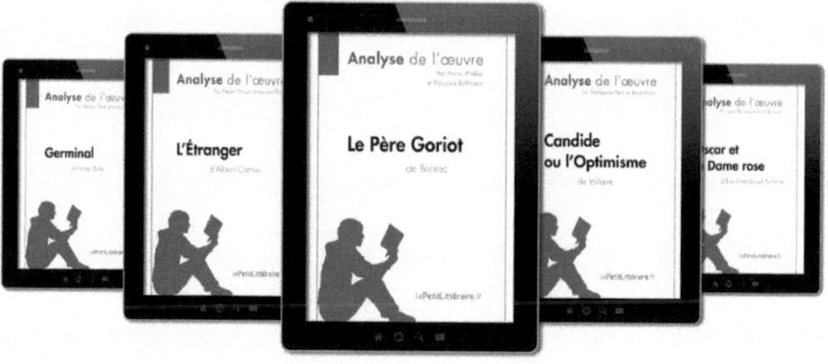

- des analyses de livres
- des fiches de lectures
- des commentaires littéraires
- des questionnaires de lecture
- des résumés

**Retrouvez
notre offre complète sur
lePetitLittéraire.fr**

ISBN version numérique : 9782808684217
ISBN version papier : 9782808685016
Dépôt légal : D/2023/12603/1001

Conception numérique : Primento,
le partenaire numérique des éditeurs.